Chère Bertille
et la Lune en gruyère

© 2019, l'école des loisirs
11, rue de Sèvres, Paris 6ᵉ
Loi n° 49.956 du 16 juillet 1949 sur les publications
destinées à la jeunesse : janvier 2019
Dépôt légal : février 2021
Imprimé en France par Estimprim à Autechaux

ISBN 978-2-211-23958-5

Clémentine Mélois
Chère Bertille
et la Lune en gruyère

Illustrations de Rudy Spiessert

l'école des loisirs

Mercredi 13 mars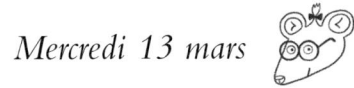

Cher Monsieur,

Je m'appelle Bertille, j'ai huit ans et demi et je vous écris car j'ai décidé de partir sur la Lune pour les vacances d'été. J'ai lu dans un livre que votre arrière-arrière-arrière-arrière-arrière-grand-mère, Laïka, avait voyagé dans l'espace.

Accepteriez-vous de m'aider ? J'ai trouvé votre adresse dans l'annuaire, j'espère ne pas vous déranger. Il me reste beaucoup de préparatifs à faire. J'ai fabriqué une combinaison en papier aluminium, mais le casque (une vieille ampoule) n'ayant pas de système d'aération, il a rapidement été envahi par de la buée et je ne voyais plus rien. On dit que la lune est entièrement faite de gruyère, est-ce vrai ?

Bien à vous,
Bertille

Mercredi 20 mars

Chère Bertille,

Je suis bien, comme tu le supposais, l'arrière-arrière-arrière-arrière-petit-fils de la célèbre Laïka, pionnière de l'espace. Hélas, n'étant moi-même qu'un modeste pâtissier, j'ai bien peur de ne pouvoir t'être d'un grand secours au sujet de ton projet de voyage vers la Lune. Je suis allé voir au grenier si je pouvais retrouver des affaires ayant appartenu à mon aïeule, il me semble me souvenir que ma chère maman me lisait des passages de son journal personnel quand j'étais enfant. Peut-être y trouverais-je des informations susceptibles de t'éclairer. J'étais sur le point de mettre la main dessus quand j'ai malheureusement été interrompu par une affaire urgente. Je compte poursuivre mes recherches et je te tiendrai au courant si celles-ci s'avèrent fructueuses.

Bien à toi,
Monsieur Pavel

PS : J'ai consulté mon encyclopédie et il semble, en effet, que la Lune soit constituée de fromage. Cependant, les astronomes se disputent encore pour savoir s'il s'agit de gruyère ou plutôt d'emmental.

 *Jeudi 28 mars*

Cher Monsieur Pavel,

Merci pour votre réponse si rapide. J'étais très impatiente de recevoir de vos nouvelles, car j'ai du mal à me débrouiller toute seule pour tout organiser, c'est beaucoup de travail et je ne peux m'en occuper qu'après avoir fait mes devoirs.

Depuis la dernière fois, j'ai commencé à préparer le pique-nique pour tenir le coup pendant le voyage. J'ai lu dans un livre que les explorateurs arctiques emportaient de la nourriture séchée pour qu'elle se conserve mieux, j'ai donc mis des rondelles de saucisson sec dans un Tupperware, et j'ai aussi emballé des biscottes dans du papier bulle. Une fois sur place, comme vous me confirmez que la Lune est bien en fromage, plus besoin de s'inquiéter. J'espère que c'est du gruyère car les trous sont plus petits que ceux de l'emmental, ça fait plus à manger. J'aime beaucoup le fromage, et vous ? Sinon, je ne sais pas encore comment fabriquer la fusée spatiale, je compte sur votre aide. J'ai récupéré des bougies d'anniversaire, de l'huile de moteur, une lampe de poche et une boîte de clous presque entière.

Je me demande à quoi ressemble la Lune, une fois qu'on est sur place, et si les cratères qu'on aperçoit sont ceux

de volcans qui crachent vraiment du feu.
J'attends vos conseils, si ça ne vous dérange pas, merci beaucoup !

Bien à vous,
Bertille

Mardi 9 avril

Chère Bertille,

Bravo pour ces préparatifs. Tout d'abord, pour répondre à ta première question, j'aime beaucoup le fromage, mais ce que je préfère, c'est le gâteau aux myrtilles. Quand j'avais ton âge, je voulais déjà devenir pâtissier pour pouvoir en manger tous les jours.
À part ça, je dois bien avouer que mes connaissances sont un peu limitées en matière de fabrication de fusée spatiale. Si tu m'y autorises, je pourrai demander conseil à Younès, le petit-fils de ma voisine. Il est très bricoleur et ton projet devrait l'intéresser.

En attendant fais bien attention de ne pas te blesser.

Bien à toi,
Monsieur Pavel

3 œufs
2 verres de sucre
3 verres de farine
1 verre d'huile
1/2 verre de lait
1 sachet de levure
alsacienne
~~Des~~ myrtilles
plein de

Il faut tout mélanger,
mettre dans un moule
beurré et laisser cuire dans
un four à 180 degrés
jusqu'à ce que le gâteau
soit bien doré.

Lundi 29 avril

Salut bonjour Bertille,

Comment ça va ? Monsieur Pavel m'a parlé de ton projet de voyage spatial, je trouve ça trop bien. Je n'ai jamais fabriqué de fusée mais j'ai déjà fait quatorze voitures à pédales et demie tout seul, sans l'aide de personne, alors on peut dire que je m'y connais super à fond, sans vouloir me glorifier. Je suis comme qui dirait un spécialiste de la mécanique et donc voilà, si tu veux, je peux fabriquer ta fusée.

À bientôt, salut salut !
Younès

Jeudi 2 mai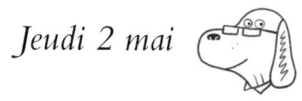

Ma chère Bertille,

Juste un mot pour te prévenir que Younès (le petit-fils de ma voisine, dont je te parlais dans mon précédent courrier) a eu l'air assez emballé par ton projet.

Par ailleurs, je me suis entretemps documenté au sujet des volcans situés sur la Lune. Il semble qu'ils ne soient plus en activité depuis très longtemps. Les cratères que l'on voit depuis la Terre sont énormes, et portent de jolis noms comme « mer de la Tranquillité » ou « mer des Vapeurs ».

Si j'étais astrophysicien, je nommerais l'un de ces cratères « l'océan du Gâteau aux myrtilles». Mais je ne suis qu'un modeste pâtissier. D'ailleurs je dois te laisser, car je viens de me souvenir que j'avais beaucoup de travail.

Je t'embrasse,
Monsieur Pavel

Mardi 7 mai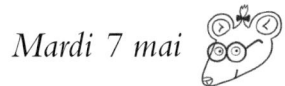

Cher Monsieur Pavel,

Vous ne savez pas quoi ? Younès m'a dit que pas de problème et qu'il voulait bien fabriquer ma fusée ! Aha ! Je suis trop contente. Il a dit aussi qu'il voulait que ce soit une surprise et que je n'aurais pas le droit de la voir avant le jour du décollage, j'ai TROP hâte.

J'aimerais bien partir le jour de mon anniversaire, c'est le 15 juin, vous viendrez ?

À part ça, j'ai lu dans un livre que les spationautes s'entraînaient tous les jours, alors je fais du sport en récitant

mes tables de multiplication pour être prête le jour J.
Rien de neuf à part ça.

Bisous,
Bertille

PS : Si la Lune est faite en gruyère et que les volcans crachent du feu, ça doit faire du fromage fondu, comme une raclette, non ?
PPS : J'adore la raclette, et vous ?

Samedi 11 mai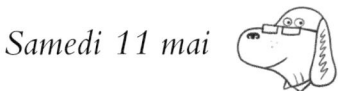

Ma chère Bertille,

Voilà qu'en allant à la boulangerie, j'ai croisé madame Villanova, une dame très influente dans la commune. C'est une chanteuse d'opéra plus ou moins à la retraite, mais je peux te dire qu'elle n'a rien perdu de sa voix, quand elle ouvre la bouche on l'entend à trois kilomètres à la ronde. Tout ça pour te dire que je lui ai parlé de toi et que ton projet l'a énormément intéressée à titre personnel, parce que figure-toi que son arrière-arrière-arrière-arrière et des poussières grand-mère était aussi une pionnière de l'espace. Si c'est vrai, c'est une sacrée coïncidence.

Elle a beaucoup insisté pour que je lui donne ton adresse, aussi attends-toi à recevoir une lettre d'elle dans les jours qui viennent.
Elle m'a aussi proposé de m'interpréter une petite chanson, mais malheureusement j'étais très pressé.

Je t'embrasse,
Monsieur Pavel

PS : Moi aussi j'aime bien la raclette, mais pas autant que le gâteau aux myrtilles.

Mercredi 15 mai

Très chère et délicieuse enfant,

Monsieur Pavel, cette chère vieille branche, m'a conté dans le détail tous les secrets de votre fabuleuse expédition.

Permettez-moi de vous féliciter pour cet admirable projet ! Quelle joie de voir des jeunes gens prêts à risquer leur vie pour conquérir l'espace, comme le fit jadis ma chère grand-grand-grand-grand-grand-grand-grand-maman Félicette.

Un jour prochain je vous inviterai à prendre le thé et je vous raconterai chaque étape de cette fabuleuse aventure.

Peut-être aussi pourrais-je vous chanter un petit air d'opéra.

En attendant mon époux et moi-même aimerions être là pour vous encourager le jour du décollage ! Je m'en réjouis d'avance ! J'en parle à tout le monde ! À tout le monde ! Mille et un baisers, à très vite !

Votre amie,
Madame Hortense Villanova

PS : Appelez-moi Hortense, mon petit chou.
PPS : Mon cher époux, le colonel Villanova est retraité de l'aviation. Il propose de vous donner quelques conseils de parachutisme, « juste au cas où ».

Lundi 3 juin

Chère Mademoiselle Bertille,

Je me présente, Thierry Waddington, journaliste pour la gazette *Passion Région,* que vous connaissez très certainement.

Madame Villanova m'a longuement parlé de votre voyage sur la Lune. Si mes informations sont exactes, le décollage est prévu le 15 juin prochain.

Avec votre permission, je viendrai vous poser quelques questions afin de rédiger un article.

Je serai pour l'occasion accompagné d'un photographe, qui immortalisera l'événement.

Je vous dis donc à très bientôt.

Cordialement,
T. Waddington
Rédacteur, *Passion Région*

Samedi 8 juin

Salut salut Bertille,

Ici c'est Younès, juste pour te dire que grande nouvelle, ça y est, mission accomplie ! Fusée prête au décollage, archi prête, prête de chez prête.
Le travail m'a fait drôlement transpirer, surtout vers la fin, mais franchement ça valait le coup, tu vas voir, tu vas pas être déçue. MAIS SURPRISE, je ne dirai plus un mot. Je te dis à dans une semaine, rendez-vous au pré de Bertin à midi pile.

Salut salut !
Younès

Jeudi 13 juin

Ma petite Bertille,

Tu devrais recevoir cette carte demain, et demain sera la veille du grand jour.

Je sais que tu attends ce moment depuis longtemps et je t'imagine très impatiente.

Je voulais te dire que je suis fier de toi. Tu es une jeune personne pleine d'imagination, et je suis heureux d'être ton ami.

Nous serons tous au pré de Bertin vendredi pour t'encourager, ma femme et moi, Younès et ses parents, madame Villanova et le colonel.

UNE SYMPATHIQUE AGITATION

C'est hier après-midi que se réunissaient les amis de la petite Bertille pour célébrer son grand départ sur la Lune et lui souhaiter un bon anniversaire.

Une sympathique agitation régnait sur le pré de Bertin, en raison du très grand nombre de nos concitoyens qui avaient tenu à être au rendez-vous.

Parmi les célébrités présentes, on a pu croiser madame la maire et son adjoint à la Culture, monsieur Géninesca, la célèbre cantatrice Hortense Villanova et son époux le colonel, la fanfare du village, toute l'école primaire ainsi que les trois institutrices, en tout une centaine de personnes.

Malheureusement, le décollage en lui-même n'a pas pu avoir lieu, en raison semble-t-il d'un défaut d'allumage du moteur.

« Quelque chose a merdouillé, peut-être que je n'aurais pas dû mettre d'huile d'olive dans le carburateur », a témoigné le jeune Younès, concepteur de la fusée.

Mais le soleil était heureusement de la partie et ce fut une très joyeuse après-midi, notamment grâce aux excellents gâteaux aux myrtilles préparés par monsieur Pavel, pâtissier (voir photo).

Le concepteur est dans l'incompréhension.

« C'est le plus bel anniversaire de ma vie », nous a confié la jeune Bertille (voir photo), qui a fêté ses neuf ans entourée de tous ses amis et a reçu des mains de madame la maire la médaille d'honneur de la ville, en récompense de son courage et de son esprit d'entreprise.

« C'est à travers l'engagement, la créativité et l'expression de jeunes talents tels que vous que l'esprit d'entreprise souffle sur un territoire, sur une région, sur une communauté

de communes » a conclu madame la maire lors de son très émouvant discours d'une heure et demie.

T. W.

L'allocution de madame la maire a été appréciée par tous nos concitoyens.

 *Samedi 27 juillet*

Cher Monsieur Pavel,

Comment ça va ? Moi ça va.
Désolée de ne pas avoir écrit depuis longtemps, au début des vacances on est allés avec mes parents chez ma marraine en Lorraine et là on est chez ma mémé du côté de ma mère, avec mes cousins on se baigne tous les jours dans un étang, l'eau est à 18°C, on s'amuse drôlement bien.
Je voulais vous dire MERCI pour votre aide et que finalement c'est bien tombé que la fusée de Younès n'ait pas marché, parce qu'au dernier moment j'avais un peu le cafard de partir toute seule alors que tous mes

copains étaient là, et en plus il y avait un pique-nique, enfin bref, je ne regrette pas du tout.

D'ailleurs, j'ai changé d'avis et je n'ai plus envie de devenir spationaute. Mon truc, maintenant, c'est les VOLCANS. J'ai réussi à convaincre Younès et les copains de la fanfare et vous ne savez pas quoi ? On va tous partir au centre de la Terre l'été prochain !

Vous voudrez bien nous aider ? J'ai lu un livre là-dessus et apparemment, le plus important, c'est de bien s'équiper et d'emporter beaucoup de bouteilles d'eau. On a un an pour se préparer, ça laisse largement le temps. J'ai commencé à récupérer des bouteilles, j'en ai déjà douze, si vous en avez vous pourrez me les garder ? Il m'en faut plein. Il paraît qu'au centre de la Terre, il y a des océans et des crânes de dinosaures ! Et il paraît qu'un jour, un vulcanologue a été sur un lac rempli de SOUFRE dans un bateau pneumatique ! Et qu'on peut faire cuire des SAUCISSES dans de la lave ! Et aussi que la lave refroidie devient verte et brillante comme un bijou*. Vous croyez que c'est vrai ? Merci d'avance pour votre aide ! Ça va être trop bien, j'ai tellement hâte ! Rien d'autre de neuf à part ça. Je vous laisse, il faut que je retourne me baigner.

Bisous,
Bertille

*PS : Au fait, vous saviez que bijou au pluriel ça ne s'écrit pas bijous mais bijouX ? Je me demande ce qui leur passe par la tête, des fois. C'est n'importe quoi.

Bertille reviendra dans :

*Chère Bertille…
au centre de la Terre*